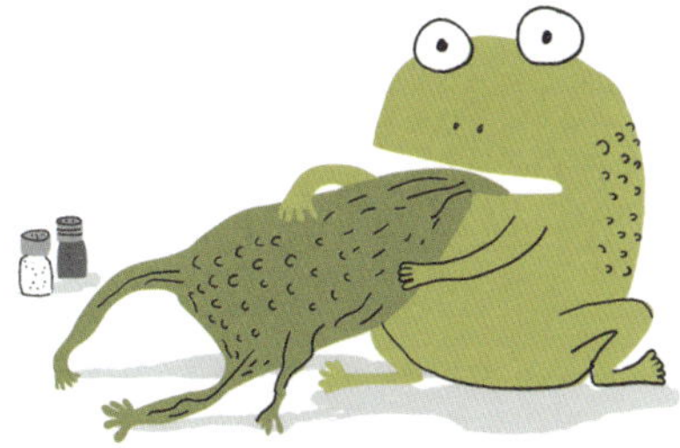

图书在版编目（CIP）数据

我恶心的动物邻居.4，蟾蜍 /（加）埃莉斯·格拉
韦尔著；黄丹青译. -- 西安：西安出版社，2023.4
ISBN 978-7-5541-6585-0

Ⅰ.①我… Ⅱ.①埃… ②黄… Ⅲ.①儿童故事－图
画故事－加拿大－现代 Ⅳ.①I711.85

中国国家版本馆CIP数据核字（2023）第024614号
著作权合同登记号：陕版出图字25-2022-050

DISGUSTING CRITTERS:THE TOAD
Text and Illustrations copyright © 2016 by Elise Gravel. All rights reserved. Simplified
Chinese translation rights arranged with Painted Words Inc. through RightsMix LLC

我恶心的动物邻居 蟾蜍 WO EXIN DE DONGWU LINJU CHANCHU
[加]埃莉斯·格拉韦尔 著 黄丹青 译

图书策划	郑玉涵	责任编辑	朱 艳
封面设计	牛 娜	特约编辑	郭梦玉
美术编辑	张 睿 葛海姣

出版发行 西安出版社
地 址 西安市曲江新区雁南五路1868号影视演艺大厦11层（邮编710061）
印 刷 东莞市四季印刷有限公司
开 本 787mm×1092mm 1/25 印张 12.8
字 数 72千字
版 次 2023年4月第1版
印 次 2023年4月第1次印刷
书 号 ISBN 978-7-5541-6585-0
定 价 138.00元（共10册）

出品策划 荣信教育文化产业发展股份有限公司
网 址 www.lelequ.com 电话 400-848-8788
乐乐趣品牌归荣信教育文化产业发展股份有限公司独家拥有
版权所有 翻印必究

我恶心的动物邻居

蟾蜍

[加]埃莉斯·格拉韦尔 著
黄丹青 译

西安出版社

小朋友们，请允许我向你们介绍我的朋友 ——

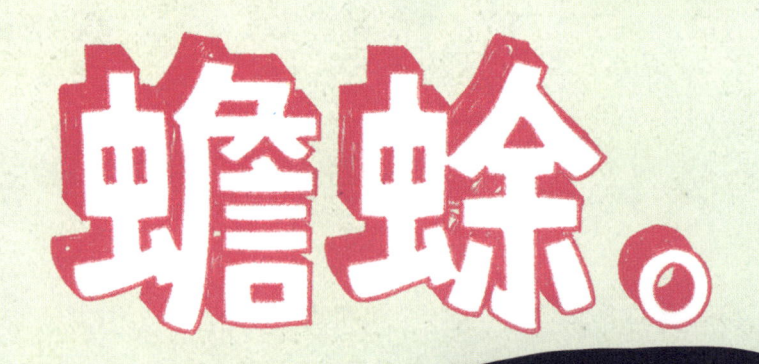

蟾蜍。

嘿！你们好吗？

此处应有掌声！

蟾蜍和青蛙是表亲，它们有

共同的祖先，

是一种生活在大约1亿年前的两栖动物。

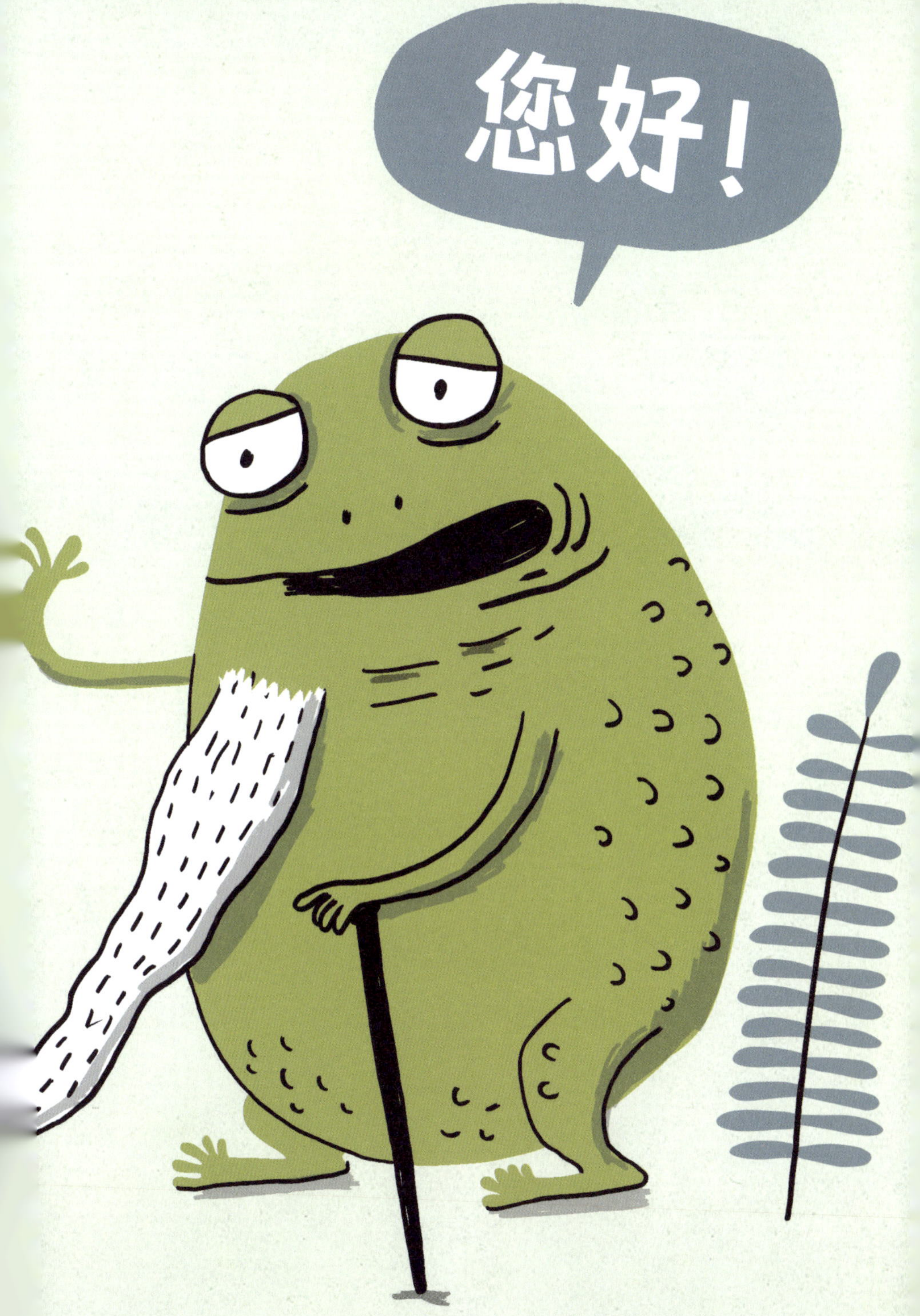
您好！

目前，世界上的蟾蜍和青蛙已超过

7000 种。

它们有的住在水里，

有的住在树上，

还有的生活在陆地上。

有的住在你的床上！哈哈！我开玩笑的。

我们把那些生活在陆地上、不善游泳、腿较短、皮肤较粗糙的称为"蟾蜍"。

有些蟾蜍真的很

奇特!

雄性**峨眉髭蟾**(zī hé)上颌的周围长着硬硬的"胡子"。

看我帅吗?

这儿没人!

卵石蟾蜍遇到危险时会像颗小石子一样滚下山去。

妈妈! 妈妈!

当**苏里南蟾蜍**的宝宝从蝌蚪变成蟾蜍时,它们会从妈妈背上的洞里钻出来。

老大舍我其谁?

海蟾蜍的身体最长可达38厘米!

是我啦!

在这本书中,我主要向你们介绍的是普通蟾蜍,它也被称为大蟾蜍或者癞蛤蟆。

蟾蜍用它的皮肤呼吸和吸收水分!
它必须时刻保持

皮肤湿润,

所以它通常生活在有水的地方。

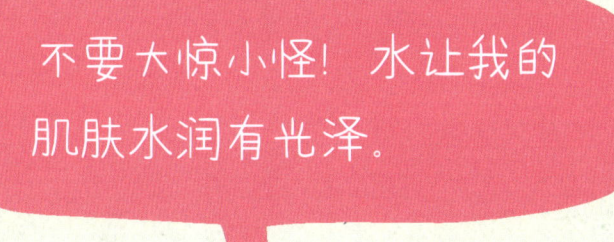

不要大惊小怪！水让我的肌肤水润有光泽。

蟾蜍主要以昆虫、蠕虫、蜘蛛等小动物为食。它这个猎人有点儿懒，总是张开嘴巴等待

猎物经过。

它的舌头非常灵活，经常一眨眼的工夫，就把猎物卷进嘴里了。

啦啦啦……

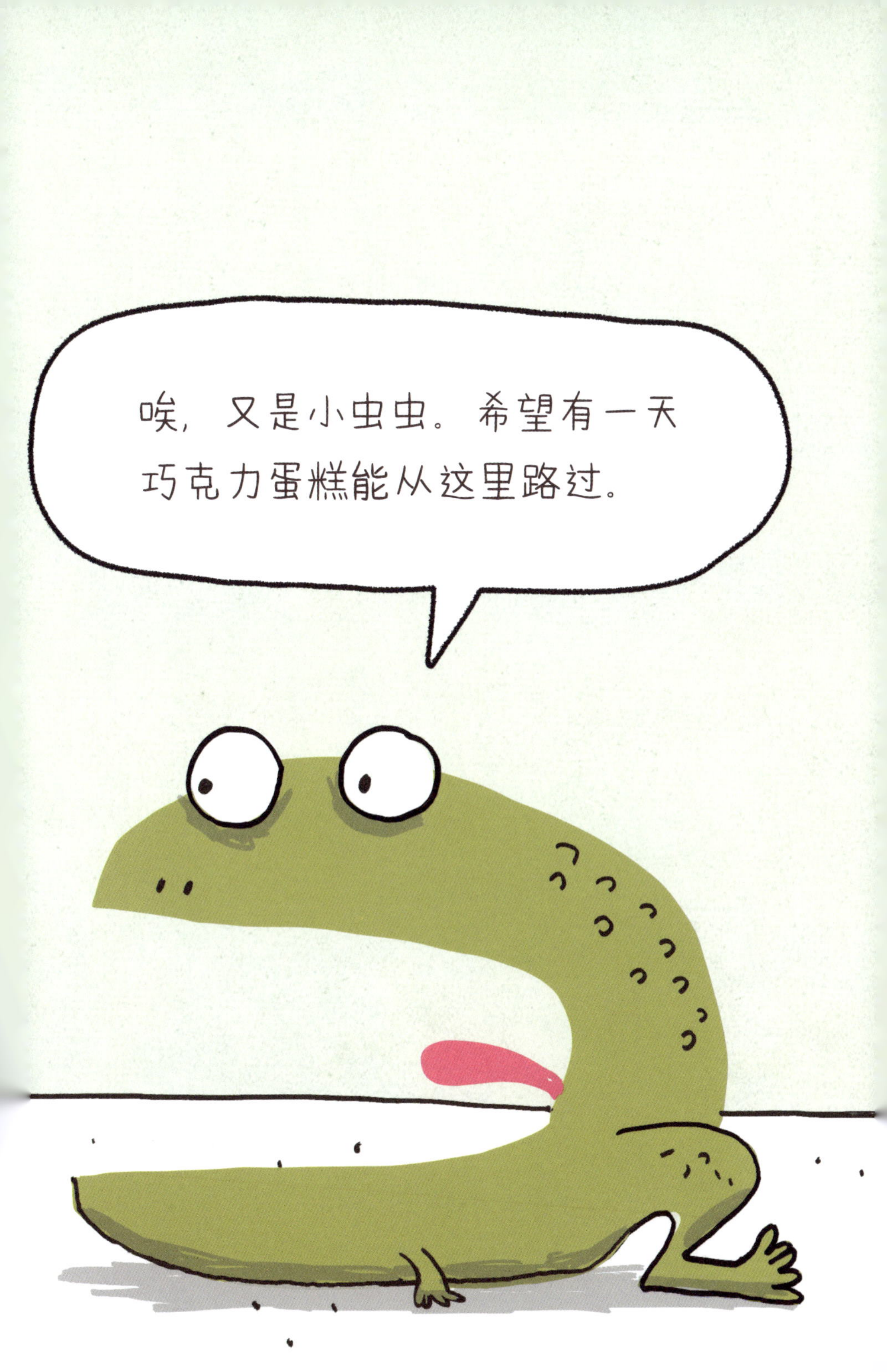
唉，又是小虫虫。希望有一天巧克力蛋糕能从这里路过。

当蟾蜍的皮肤变干变旧时,它就会蜕皮。整个蜕皮的过程看起来非常恶心,尤其是蜕皮后,它还会把旧皮肤吃掉!

呃,要吐了!

如果你会烹饪，它其实很美味！

当蟾蜍觉察到危险时,它会分泌一种**毒液**来赶跑捕食者。这时的蟾蜍尝起来味道很糟糕!有些蟾蜍射出的毒液毒性非常强,甚至可能会致命。

任何人都不许靠近我!

蟾蜍的皮肤表面有许多**小疙瘩（gē da）**，小疙瘩里面装着防身的毒液。而且这些小疙瘩能帮助蟾蜍在地面上**伪装自己**。

这些小疙瘩可是我的"美人痣"。

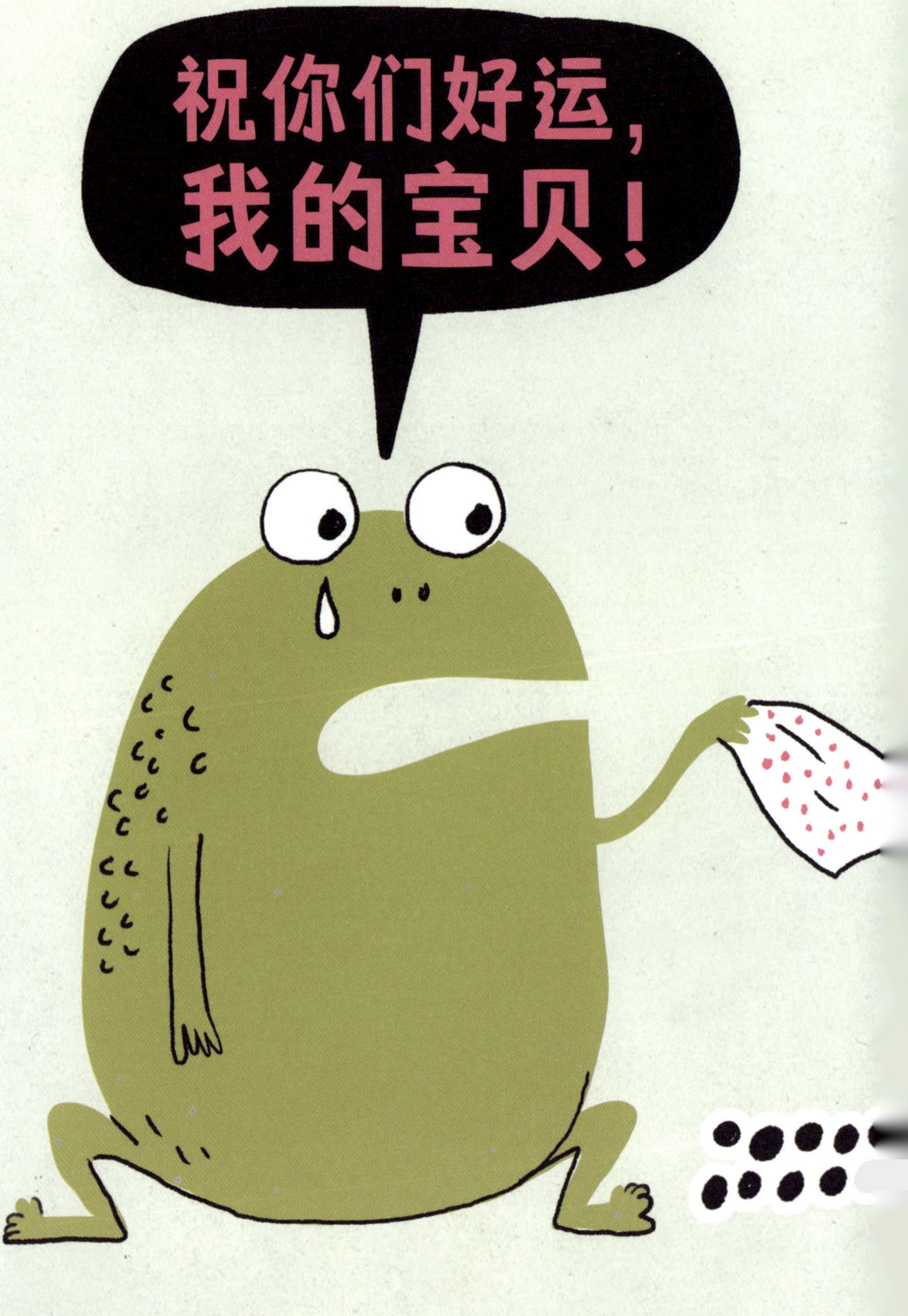
祝你们好运，我的宝贝！

雌性蟾蜍在水中产卵，它一次就可以产 **6 000** 多粒卵。

卵一个接一个地蹦出来，排成一条3~5米长的线。

蟾蜍宝宝面临很多危险，许多动物都想吃掉它们！最后，可能只有少数蟾蜍宝宝能存活下来。

我们把蟾蜍宝宝叫作

蝌蚪。

看，它们很可爱吧？

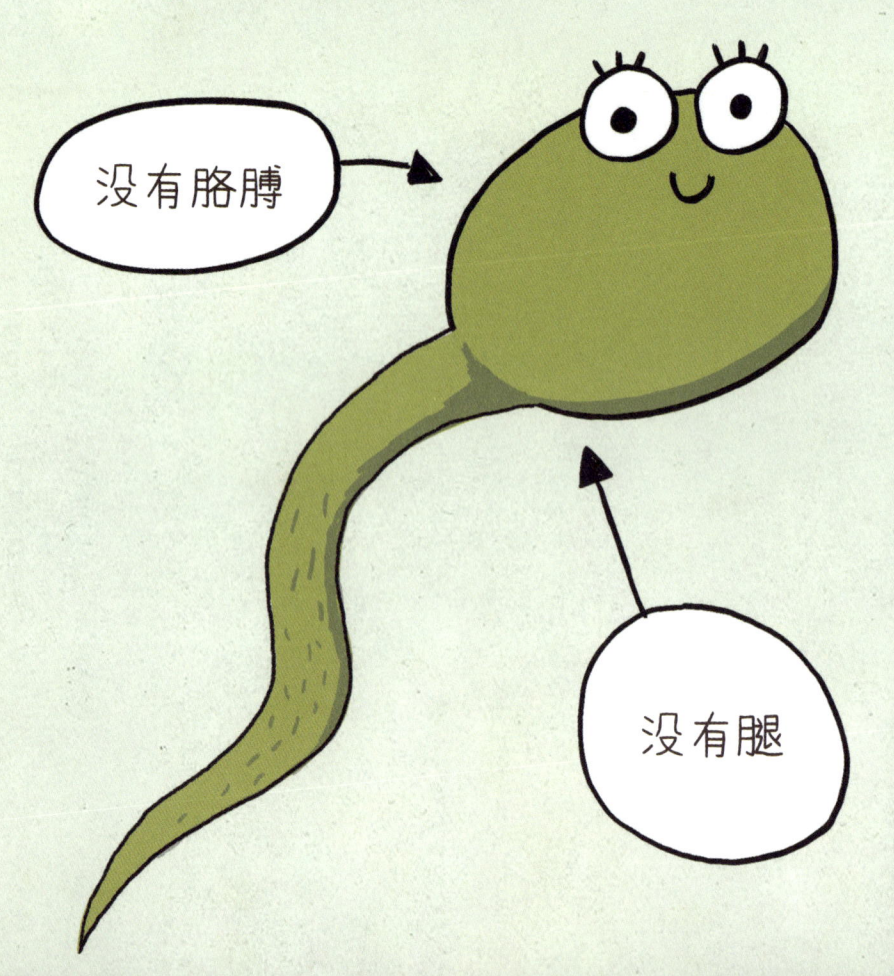

没有胳膊

没有腿

蝌蚪出生后，在水下生活8~12周，直到它们长出腿，接着尾巴慢慢消失，就变成蟾蜍了。然后它们会搬到陆地上生活，在那里它们能活上5~10年。

①

②

③

④

蟾蜍可以吃掉危害农作物的害虫。蟾蜍一般会定居在生态条件较好的环境中，它们的存在是环境**清洁**的标志。

没错！

地球需要我们!

坏消息是，世界上的蟾蜍越来越少了。一些种类的蟾蜍濒临

灭绝

或已经灭绝。这是由农药污染、气候变化和人类破坏它们的栖息地造成的。

这是一件严肃的事情，我不能开玩笑。

所以，当你遇到蟾蜍时，请善待它，并保护好周围的环境。蟾蜍是人类的朋友，它需要我们的

帮助。

下次见!

蟾蜍小档案

独特之处 皮肤表面长满小疙瘩，还会吃掉自己蜕掉的皮。

食物 主要以昆虫、蠕虫、蜘蛛等小动物为食。

特长 能用皮肤呼吸和喝水！

> 蟾蜍是你有点儿恶心的动物邻居，它还有点儿懒。
> 不过，它能吃掉危害农作物的害虫，是人类的好帮手。